John Locke als paedagogischer Schriftsteller

Johann Carl August Peters

Antigonos

Johann Carl August Peters

John Locke als paedagogischer Schriftsteller

Unveränderter Nachdruck der Originalausgabe von 1872.

1. Auflage 2024 | ISBN: 978-3-38631-107-6

Antigonos Verlag ist ein Imprint der Outlook Verlagsgesellschaft mbH.

Verlag: Outlook Verlag GmbH, Zeilweg 44, 60439 Frankfurt, Deutschland
Vertretungsberechtigt: E. Roepke, Zeilweg 44, 60439 Frankfurt, Deutschland
Druck: Libri Plureos GmbH, Friedensallee 273, 22763 Hamburg, Deutschland

JOHN LOCKE

ALS

PÄDAGOGISCHER SCHRIFTSTELLER.

EINE

VON DER PHILOSOPHISCHEN FACULTÄT

DER UNIVERSITÄT ROSTOCK

GENEHMIGTE

PROMOTIONSSCHRIFT

VON

Dr. JOHANN CARL AUGUST PETERS.

———

LEIPZIG,

DRUCK VON B. G. TEUBNER.

1872.

Doctrina vires promovet insitas,
rectique cultus pectora roborant:
utcunque defecero mores,
dedecorant bene nata culpae.

Horaz lib. IV ode 4.

Die reformation hatte bei den europäischen culturvölkern den samen zu einem neuen geiste ausgestreut, welcher in der letzten hälfte des 17n und in der ersten des 18n jahrhunderts mächtig emporkeimte und sich zu einer neuen erweckung des geistigen lebens entwickelte. der menschliche geist, welcher seit einem vollen jahrhundert durch den staatlichen absolutismus in fesseln gebannt war, brach sich plötzlich durch alle hemmnisse und schwierigkeiten und offenbarte das groszartige vermächtnis, welches die reformation der menschheit zugewiesen hatte. in der zeit der vormundschaft waren die reformatorischen ideen zur reife gelangt, und es begann nunmehr eine selbständige wissenschaftliche forschung: auf allen gebieten des staatlichen, kirchlichen und wissenschaftlichen lebens entstanden neue theorien, welche in stürmischer weise eine menge mittelalterlicher überlieferungen crschütterten, und welche schlieszlich 'die berechtigung aller bis dahin geltenden und bestimmenden gewalten in frage stellten'. der geist der neugestaltung hatte seinen ausgangspunct in England: 'dort liegen in dem aufblühen der naturwissenschaften, in der erfahrungsphilosophie und im deismus die ersten selbständigen äuszerungen des neuen geistes.'[1] von England aus verbreiteten sich die neuen ideen über den continent und zwar durch die vermittelung Frankreichs. Macaulay sagt vortrefflich: the literature of France has been to ours, what Aaron was to Moses; the expositor of great truths which would else have perished for want of a voice to utter them with distinctness. the great discoveries in physics, in metaphysics, in

---

[1] siehe Hermann **Hettner**, litteraturgeschichte des 18n jahrhunderts I s. 9.

political science, are ours. but scarcely any foreign nation except
France has received them from us by direct communication. isolated
in our situation, isolated by our manners, we found truth, but we
did not import it. France has been the interpreter between England
and mankind. — The great French writers were busy in proclaiming
through Europe the names of Baco, of Newton and of Locke. [2]

Diese drei männer bilden die grundpfeiler für den pharus der
geistigen befreiung, welcher in dieser neuen culturepoche seine
schlaglichter über den grösten teil der civilisierten länder verbreitete.
Baco und Newton waren bahnbrechende geister in der philosophie
und naturwissenschaft, und Locke zeigte nach den verschiedenen
seiten hin die praktische anwendung der neuen theorieen. er war
ferner die quelle der freigeistigen lehren des deismus, welcher den
glauben an gott nicht auf die offenbarung, sondern auf die vernunft
gründete. Voltaire schöpfte aus dieser quelle und verbreitete die
neuen ansichten in seinem vaterlande. [3] Lockes staatswissenschaft-
liche ideen fanden ihren hauptvertreter in Montesquieu, der
durch seine schrift 'l'esprit des lois' jene wissenschaft zur lieblings-
beschäftigung der gebildeten welt machte. den keim zu Rousseaus
groszartigem werke über die erziehung, dem 'Emile', legten Lockes
'gedanken über erziehung'. [4]

Die schriften dieses scharfsinnigen englischen denkers gehören
somit zu denjenigen erzeugnissen des menschlichen geistes, welche
nicht allein an und für sich, d. h. nach ihrem philosophischen und
moralischen werthe, sondern auch im zusammenhange mit der gan-
zen cultur ihrer zeit betrachtet und gewürdigt werden müssen. die
empirische reflexionsphilosophie Lockes ist bisher von der deutschen
wissenschaft nicht ganz mit unrecht etwas vornehm angesehen
worden [5]; es ist aber unrecht, dasz man über Rousseaus 'Emile' die
schrift Lockes 'über die erziehung' zu vergessen scheint, da doch,
wie schon bemerkt wurde, die keime der pädagogischen grundsätze
Rousseaus sich bei Locke finden. wir wollen uns in dieser abhand-
lung mit Locke als pädagogischem schriftsteller beschäftigen und
untersuchen, welche wirksamkeit er auf dem gebiete der erziehung

---

[2] Macaulay's critical and historical essays. vol. II p. 184. Tauch-
nitz edition Leipzig 1850.

[3] auch Condillac (Etienne Bonnot de Mahly, geb. 1715 zu Gre-
noble) trug durch seine philosophischen arheiten und forschungen 'essai
sur l'origine des connaissances humaines' wesentlich zur verbreitung
und entwickelung von Lockes ansichten in Frankreich hei. wie dieser
verwarf auch C. alle angeborenen anlagen, indem er behauptete, dasz
der mensch sich alle geschicklichkeit durch ühung erwerbe.

[4] die bezüglichen schriften Lockes sind: essay on human under-
standing (1670). — the reasonableness of christianity, as delivered in
the scriptures (1695). — the treatise on governement (1689). — some
thoughts concerning education (1693).

[5] vgl. Emanuel Schärer, John Locke. seine verstandestheorie
usw. (Leipzig 1860) s. VIII.

entwickelt hat und welche stellung ihm in der geschichte der pädagogik gebührt. ehe wir jedoch dazu übergehen, halten wir es für angemessen, den mann selbst, sowie seine philosophischen principien in einigen zügen zu skizzieren.

John Locke wurde am 29 august 1632 zu Wrington in der nähe von Bristol geboren. sein vater, der während der bürgerkriege hauptmann im parlamentsheere war, erzog ihn sorgfältig und strenge. Locke besuchte die Westminsterschule bis zum jahre 1651, da er nach Oxford kam. hier ward ihm die Aristotelische philosophie, besonders das eitle disputieren, zuwider. dagegen studierte er die schriften des Cartesius und mit besonderer vorliebe auch medicin. im jahre 1664 gieng er als 'gesandtschaftssecretair nach Berlin, kam aber schon 1665 nach Oxford zurück. im folgenden jahre machte er die bekanntschaft des grafen Shaftesbury und wurde erzieher dessen kränklichen sohnes. bei Lockes sorgfalt wurde der knabe erhalten; einen sohn desselben erzog Locke ebenfalls. Shaftesbury wurde 1672 groszkanzler, und Locke erhielt eine ansehnliche stellung; beide traten indessen schon im folgenden jahre zurück. seiner gesundheit wegen begab sich Locke 1677 nach Frankreich; im jahre 1679 begab er sich nach England, muste aber 1683 nach Holland fliehen. im jahre 1689 kehrte er nach England zurück. seine letzten lebensjahre brachte er zu Oathes in der grafschaft Essex zu im hause des Sir Francis Masham, wo er am 28 october 1704 starb.[6] | der zielpunct des philosophischen strebens Lockes war der, den ursprung und die grenzen der menschlichen erkenntnis festzustellen und den hypothetischen ausgangssatz zu vernichten, dasz der mensch angeborne ideen habe[7], welche vor der sinnlichen wahrnehmung in ihm unentwickelt ruhten. die alleinige quelle der erkenntnis war für Locke die erfahrung; durch diese wird demnach alle erkenntnis erworben, ebenso wie die grundbegriffe und grundsätze, in denen die menschen übereinstimmen. die erfahrung ist eine innere oder eine äuszere; die aus der ersteren erzeugten gedanken sind die ideen der reflexion, die aus der letzteren stammenden die der sensation. die objecte der äuszeren erfahrung sind die körperlichen dinge; die gegenstände der inneren die thätigkeit des geistes.

---

[6] vgl. v. Raumer, geschichte der pädagogik II s. 113 u. 114 und Hettner, litteraturgeschichte des 18n jahrhunderts I s. 140.

[7] entgegen den ansichten von Plato und Cartesius. die grundlage der Platonischen ideenlehre bilden die beiden sätze, dasz das, was in wahrheit ist, nur durch den begriff erkannt werde und dasz der begriff ausdruck des seienden sei, dasz somit das nichtseiende auch nicht erkannt werden könne. Descartes benutzt den satz: cogito, ergo sum, um darzuthun, dasz alles, was deutlich und klar gedacht werde, wahr sei, und unter diesen klaren und deutlichen gedanken findet er die idee gottes als eine angeborene. Kant sagt, dasz es eine erkenntnis gebe, welche aus der erfahrung, eine andere, welche nicht aus dieser stamme.

Gehen wir nunmehr, nachdem wir den geist des zeitalters, in welchem Locke in die wissenschaft eingriff, und die richtung seiner philosophie im allgemeinen beleuchtet haben, zur betrachtung seiner pädagogischen wirksamkeit über.

LOCKES PÄDAGOGISCHE GRUNDSÄTZE.

Lockes buch über die erziehung[8], welches aus briefen an seinen freund Edward Clarke of Chipley entstanden und zuerst im jahre 1693 im drucke erschienen ist, gibt in 217 nicht in systematischer weise zusammenhängenden paragraphen eine einfache anleitung zur erziehung eines jungen englischen edelmannes. Locke wollte seine erziehungsprincipien zunächst bei den 'vornehmen' durchführen; durch diese erwartete er alsdann die nötige wirkung auf das volk.[9]

Da die schrift weder eine wissenschaftliche pädagogik, noch, wie Rousseaus 'Emil', eine darstellung des 'entwickelungsganges der menschlichen natur' ist, sondern nur 'gedanken über erziehung' enthält, so haben wir, um daraus die pädagogischen grundsätze Lockes kennen zu lernen, seine ansichten unter pädagogisch systematisierte gesichtspuncte gestellt und betrachtet.

Locke spricht zu anfang seiner schrift sehr einläszlich von der **körperlichen erziehung.** durch das 'mens sana in corpore sano' ist ein glücklicher zustand in dieser welt beschrieben. sodann gibt er diejenige pflege der gesundheit an, welche die eltern ohne hülfe des arztes zur erhaltung und verbesserung von gesunden oder wenigstens nicht kranken kindern ausüben müsten. die kinder sollen nicht zu warme und enge kleidung tragen. zu jeder jahreszeit sollen sie täglich ihre füsze mit kaltem wasser waschen, sie überhaupt dadurch zur nässe gewöhnen, dasz sie stiefel tragen, welche das wasser durchlassen.[10] die knaben müssen schwimmen lernen. um die furcht der eltern zu vertreiben, gibt er geschichtliche beispiele.[11] den kleinen kindern gebe man kein fleisch[12], aber

---

[8] wir benutzen und citieren folgende ausgabe: some thoughts concerning education. the fourth edition enlarged. London. printed for A. and J. Churchill, at the Black Swan in Pater-noster-row 1699.

[9] in der epistle dedicatory vom 7 märz 1692, welche dem buche vorgedruckt ist, heiszt es: for if those of that rank are by their education once set right, they will quickly bring all the rest into order.

[10] Rousseau geht hierin weiter: Locke, au milieu des préceptes mâles et sensés qu'il nous donne, retombe dans des contradictions qu'on n'attendroit pas d'un raisonneur aussi exact. ce même homme qui veut que les enfants se baignent l'été dans l'eau glacée, ne veut pas, quand ils sont échauffés, qu'ils boivent frais, ni qu'ils se couchent par terre dans des endroits humides .... livre II p. 199 sqq. ich citiere Rousseaus 'Emile' nach der stereotyp-ausgabe. Paris. Didot 1813.

[11] and the Romans thought it (das schwimmen) so necessary, that they rank'd it with letters; and it was the common phrase to mark one ill educated and good for nothing; that he had neither learnt to read nor to swim. nec literas didicit nec natare. p. 12.

[12] as for his diet, it ought to be very plain and simple; and if

viel milch. man lasse sie wenig mahlzeiten und nicht zu bestimmten zeiten halten, damit der magen sich nicht verwöhne. auszer den mahlzeiten sollen die kinder nur trockenes brot essen. ihr getränke sei ein dünnes bier (small beer), welches sie nur mäszig beim durste erhalten. obst dürfen die kinder essen, mit ausnahme von melonen, pfirsichen, den meisten arten von pflaumen und allen traubenarten. [13] (!) vor allen dingen halte man das kind nur zu solchen dingen an, die man bei ihm zur gewohnheit machen will. [14] die kinder müssen reichlich schlafen [15] (acht stunden sind genügend) und zwar auf harten matratzen. man sorge stets bei den kindern für regelmäszigen stuhlgang. [16] arzenei gebe man ihnen selten, da die natur sich selbst helfen werde; den arzt hole man nur im notfalle. [17] die regeln für die pflege der gesundheit und die abhärtung des körpers sind folgende: 'viel frische luft, viel leibesübung und viel schlaf; vollkommene diät, keinen wein und keine starken getränke, sehr wenig oder gar keine arznei; nicht zu warme und enge kleidung; vorzüglich kopf und füsze (!) kalt halten und diese an kaltes wasser gewöhnen und der nässe aussetzen.' zur körperlichen übung [18] empfiehlt Locke am schlusse seiner schrift dem jungen mann 'vom stande' reiten und fechten. letzteres ist zwar fürs leben gefährlich, weil dadurch die jungen leute leicht zu zänkereien und schlägereien verleitet werden; derjenige, welcher nicht fechten kann, nimmt sich vor rauf- und spielgesellschaften in acht. — Nichtsdestoweniger aber soll Lockes zögling fechten lernen, 'weil es durchgängig für eine notwendige eigenschaft bei einem manne aus gutem hause gehalten wird'; es wäre also 'hart, einem solchen jungen manne dieses zeichen seines vorzuges zu versagen.' Locke charakterisiert hier scharf seine erziehungslehre: er will, dasz seinem zöglinge, der einem höheren gesellschaftskreise angehört, in egoisti-

---

I might advise, flesh shonld be forborn as long as he was in coats or at least till he was two or three years old. p. 18.

[13] melons, peaches, most sorts of plnmbs, and all sorts of grapes in England, I think children shonld be wholly kept from, as having a very tempting taste in a very unwholesome jnice. p. 19.

[14] the great thing to be minded in education is, what habits yon settle: and therefore in this, as all other things, do not begin to make any thing cnstomary, the practice whereof yon would not continue and increase. p. 20.

[15] the great cordial of nature is sleep. vgl. Rousseau liv. II p. 201.

[16] vgl. Montaigne teil III bnch III hauptstück 13 s. 380. ich citiere Montaigne nach folgender ansgabe: Michael herrn von Montagnes versuche. Leipzig 1753 F. Lankischens erben. 3 teile.

[17] vgl. Rousseau: le sage Locke, qni avait passé nne partie de sa vie à l'étude de la médecine, recommande fortement de ne jamais droguer les enfants, ni par précaution, ni par de légères incommodités. j'irai plns loin, et je déclare qne, n'appelant jamais de médecin ponr mon Emile, à moins qne sa vie ne soit dans un danger évident; car alors il ne pent pas lui faire pis qne de le tner. Emile I p. 48.

[18] Montaigne empfiehlt auch körperübungen. vgl. I, I 25 s. 284.

scher weise durch die erziehung alles das beigebracht werde, was ihn zum bewustsein seiner bevorzugten stellung und seiner standesehre bringen kann.

Es würde uns zu weit führen, wollten wir auf die details dessen eingehen, was Locke über die physische erziehung gesagt hat. er war durch bezügliche andeutungen Montaignes[19] angeregt worden, sich mit diesem wichtigen und bis dahin vernachlässigten teile der erziehung zu beschäftigen und die beachtung desselben dringend zu empfehlen. auch hatte er selbst einen kränklichen zögling (den sohn Shaftesburys) zu erziehen. durch die aufmerksamkeit, welche Locke der leiblichen erziehung zuwandte, hat er einen bedeutenden einflusz auf Rousseau ausgeübt, welcher für erhaltung und pflege der gesundheit, zur übung und stählung des leibes weitläufige regeln angibt.[20] durch die philanthropinisten, besonders durch Basedow, wurden später die neuen ansichten mit erfreulichen resultaten praktisch ausgeführt. die pädagogen waren zwar seitdem immer bestrebt, der körperlichen erziehung möglichst sorgfalt zuzuwenden; aber wie manches von dem, was in dieser beziehung Montaigne, Locke und Rousseau empfohlen haben, ist bis auf den heutigen tag frommer wunsch; wie viel wird noch tagtäglich aus lässigkeit, vorurteil und unverstand gegen die heiligsten pflichten der erziehung gesündigt: durch mangelhafte häusliche erziehung, durch übermäszige anstrengung des gehirnes in der frühesten jugendzeit, durch ungesunde schulräume usw.! es bleibt für Locke ein groszes verdienst um die entwickelung der pädagogik, dasz er zuerst eine ganz besondere aufmerksamkeit auf die gesundheitspflege und die ausbildung der leibeskräfte richtete. — Es waren bei Locke wol zunächst vorwiegend philosophische gründe, welche ihn bestimmten, die körperpflege bei der erziehung so sehr zu berücksichtigen. da wir keine angeborenen ideen haben, wie er annimmt, sondern alle erkenntnis nur durch die erfahrung vermittelt und den sinnen zugeführt wird, diese aber in inniger wechselwirkung mit dem körperlichen organismus stehen, so musz man den körper gesund erhalten und stärken, damit durch ihn nur gesunde, d. h. richtige ideen zur erkenntnis gebracht werden.

Durch die hohe werthschätzung der leiblichen seite der erziehung und durch die idealisierung der hofmeistererziehung wird Lockes pädagogik im allgemeinen charakterisiert. die schulen damaliger zeit waren durchgehends hinsichtlich des lehrstoffes, der methode und der disciplin so mangelhaft, dasz Locke sie nicht für tauglich hielt, seinem schüler diejenige sittliche charakterbildung und das wissen zu geben, welches er verlangte. aus diesem grunde hat er sich verleiten lassen, überhaupt die öffentliche erziehung

---

[19] vgl. Montaigne I, I 25 s. 284 und II, III 5 s. 8. 47.
[20] vgl. Rousseau, Emile liv. II p. 177—273.

herabzusetzen.[21] er räumt zwar die mängel der privaterziehung ein, aber er zieht sie dennoch den vorteilen der schule vor. die erziehung auszer dem hause, sagt er, macht die knaben dreister, und die nacheiferung unter den schulkameraden gibt ihnen leben und emsigkeit; aber sie verlieren in der schule die tugend, da es noch keine lehrer gibt, welche die schüler zur tugend führen und ihre aufführung nach einer gesitteten lebensart bilden können. der knabe ist die meiste zeit sich selbst überlassen, oder dem schlechten beispiele seiner mitschüler. die grundsätze der gerechtigkeit, groszmut und mäszigkeit, nebst der beobachtung und dem fleisze machen den mann, und solche eigenschaften lernen die schulknaben nicht von einander. dadurch, dasz die jugend in der schule das laster lernt, wird der grund zur untüchtigkeit des volkes gelegt.[22]

Damit nun der zögling an der hand eines hofmeisters wirklich zur tugend geleitet werde, ist es wichtig, in der wahl des erziehers höchst vorsichtig zu sein[23]; man scheue hier nicht den aufwand. der hofmeister braucht kein eigentlicher gelehrter zu sein; aber er musz vorzüglich die feine lebensart verstehen. so soll er auch bei seinem zöglinge nicht auf die studien das hauptgewicht legen, sondern darauf, bei ihm eine zur gewohnheit gewordene annehmlichkeit und höflichkeit in der aufführung zu erlangen.[24] zu unserer zeit gilt leider der ausspruch Senecas: non vitae sed scholae discimus.[25]

Der zögling soll kenntnis erhalten von den lastern der welt, damit er später den versuchungen widerstehen könne. lebensklugheit[26] ist der gelehrsamkeit vorzuziehen. dann empfiehlt Locke dem erzieher, dasz er das kind frühe beobachte und suche, dessen tem-

---

[21] Locke schlieszt sich ziemlich eng an Montaigne. vgl. diesen I, I 25 s. 248 ff. von Rousseau wurde die isolierung des individuums von der gesellschaft — zum zwecke der erziehung — auf die spitze getrieben: er hält eine einsame insel als geeignet, um dort seine erziehungsgrundsätze durchzuführen.

[22] and I think it impossible, to find an instance of any nation, however renowned for their valour, who ever kept their credit in arms, or made themselves redoutable amongst their neighbours, after corruption had once broke through, and dissolv'd the restreint of discipline. p. 106.

[23] in this choice he as curious as you would he in that of a wife for him: for you must not think of trial, or changing afterwards. p. 145.

[24] and a young gentleman, who gets this one qualification from his governor, sets out with great advantage; and will find, that this one accomplishement will more open his way to him, get him more friends and carry him farther in the world, than all the hard words, or real knowledge he has got from the liberal arts, or his tutor's learned encyclopaidia. p. 151.

[25] we learn not to live, but to dispute; and our education fits us rather for the university, than the world. p. 163.

[26] this is a knowledge, which upon all occasions a tutor should endeavour to instill, and by all methods try to make him comprehend and throughly relish. p. 156. 159 u. 160.

perament kennen zu lernen.[27] da die gesellschaft erwachsener einen groszen einflusz auf den knaben ausübt, so musz er dahin geführt werden. man sei aber besorgt, dasz man ihm dort keinerlei ärgernis gebe. maxima debetur pueris reverentia. im ferneren verlangt Locke, dasz man mit den kindern wie mit 'vernünftigen geschöpfen' (!) umgehen, d. h. dasz man sie durch 'gründe' zu bewegen suchen solle, welche ihrer fassungskraft angemessen sind.[28]

Locke faszt, indem er die öffentliche erziehung verwirft und die hofmeistererziehung idealisiert, den zweck der erziehung einseitig. der mensch soll nicht allein für sich, sondern auch für die gesamtheit, den staat und das gemeinleben erzogen werden, und das ist nur möglich durch eine gemeinsame, individuell-mannigfaltige erziehung aller. die öffentlichen lehranstalten gewähren den knaben vielseitigere anschauungen und anregungen; dort lernen sie, sich ineinander schicken und vertragen. die öffentliche schule löst in verbindung mit der familie die aufgabe der entwickelung des knaben: ihm als glied der gesellschaft einen allgemeinen geist einzuflöszen und bei ihm ein warmes interesse für das allgemeine wohl zu wecken und zu fördern. wir erwarten keineswegs eine 'gleiche' erziehung der jugend aller stände in denselben anstalten, noch eine 'volksschule für alle' in dem sinne Diesterwegs.

Wenden wir uns nunmehr, nachdem wir die beiden hauptmomente der erziehungslehre Lockes kennen gelernt haben, zur betrachtung der grundsätze, welche er für die erziehung im engeren sinne (die ausbildung des subjectiven) und den unterricht (die aneignung des objectiven) aufgestellt hat.

So wie für Locke die moral die höchste aufgabe der philosophie ist, so concentriert er bei der geistigen erziehung des menschen alle sorge um die sittliche bildung des charakters; vor allem verlangt er, dasz die erziehung auf die inneren bewegungen des herzens einflusz erlange. in der frühesten jugend ist das gemüt der zucht gehorsam und der vernunft unterwürfig zu machen. das kind soll zu unbedingtem gehorsam angehalten werden; furcht und scheu geben die erste macht über die gemüter der kinder; liebe und freundschaft müssen solche in späteren jahren erhalten. man gehe immer vertraulicher mit den kindern um, später sehe man sie als seines gleichen an, da sie dann mit uns gleiche leidenschaften und

---

[27] he therefore, that is about children, should well study their natures and aptitudes, and see, by often trials, what turn they easily take, and what becomes them. p. 84. 176.

[28] ähnlich Montaigne: die weltweisheit enthält sowol für die zartesten jahre als für das graue alter nützliche lehren. I, I 25 s. 281. — Rousseau ist ganz anderer ansicht: sentir la raison des devoirs de l'homme, n'est pas l'affaire d'un enfant. la nature veut que les enfants soient enfants avant que d'être hommes. si nous voulons pervertir cet ordre ..... nous aurons de jeunes docteurs et de vieux enfants ..... s. 118 ff.

begierden haben.[29] die hauptaufgabe ist also die erziehung zur selbstbeherschung.[30]

Da das meiste gute oder böse anerzogen wird, so soll der mensch durch die gewohnheit die selbstbeherschung, die unterdrückung seiner begierden lernen. was sein leben regieren und darauf einflusz haben soll, das musz eine gewohnheit sein, die ihm zur anderen natur geworden ist.[31] wie der leib, so soll auch die seele des kindes abgehärtet werden; man soll dieses daher nicht bei kleinen unfällen oder bei leichtem schmerze bedauern; dadurch wird das gemüt erweicht, und diese wunde ist tiefer als die körperliche.[32]

Mit recht dringt Locke strenge darauf, dasz der gehorsam, das fundament aller sittlichkeit, dem kinde frühzeitig angewöhnt werde; dadurch lernt das kind sich später dem gesetze und der obrigkeit fügen. es musz bei ihm stets das bewustsein geweckt werden, dasz es seinen willen dem eines anderen zu unterwerfen hat; denn es ist nicht nach dem masze seines natürlichen gesetzlosen naturells, sondern nach dem masze der sittlichkeit zu erziehen. durch stetige übung zum gehorsam wird dann auch die selbstbeherschung geübt und gestärkt. da aber der unabhängigkeitstrieb beim menschen stets wächst, so musz auch die forderung des gehorsams mit der zeit abnehmen.

Da man die begierden unterdrücken und zähmen und sie der vernunft unterwerfen soll, fährt Locke fort, so darf man sie nicht durch belohnungen reizen, wie z. b. durch geld, leckerbissen, putz. belohnungen und strafen sind zwar die einzigen triebmittel, durch welche erwachsene gelenkt werden; sie müssen daher auch bei kindern gebraucht werden, wenn wir bei ihnen etwas ausrichten wollen.[33] zu belohnungen darf man aber nicht vergnügungen des leibes, und zu strafen nicht schmerzen des körpers machen.[34] dadurch

---

[29] so Montaigne I, II 8 s. 775. 776. 781.

[30] children shonld he used to snbmit their desires, and go without their longings even from their very cradles. . . it seems plain to me, that the principle of all vertne and excellency lies in a power of denying onrselves the satisfaction of onr own desires, where reason does not anthorize them. p. 53.

[31] this power is to be got and improved by cnstom, made easy and familiar by early practice. p. 53. ebenso Montaigne I, I 22 s. 159—161. teach him to get a mastery over his inclinations and snbmit his appetite to reason. this being obtained and by constant practice settled into habit, the hardest task is over. p. 359.

[32] this brawniness and insensibility of mind is the best armonr we can have against the common evils and accidents of life.

[33] for I advice their parents and governors always to carry this in their minds, that children are to be treated as rational creatnres. p. 69.

[34] the pains and pleasures of the body are, I think, of ill consequence, when made the rewards and pnnishements, whereby men wonld prevail on their children. p. 69. 70.

werden die neigungen bestärkt, welche wir bemeistern wollen; man
ändert nur den gegenstand der sinnlichen lust. hochachtung
und schande sind die wirksamsten anreizungen eines gemütes[35];
scham und furcht sind die geeignetsten zwangsmittel, um das kind
in ordnung zu halten.[36] ruhm ist nicht die wahre triebfeder und
die rechte maszregel zur tugend, aber derselben am nächsten; bei
dem kinde ist jedoch ruhm die alleinige aufmunterung, bis es fähig
ist, mit seiner vernunft zu erkennen, was recht ist.[37] körperliche
strafen verwirft Locke; er will, dasz man vielmehr den geist des
kindes von dem abhalte, wozu es lust hat und was ihm schädlich
werden kann; dadurch erhält man ihn ungezwungen und frei.
schläge sind nur im äuszersten falle zu geben, und dann etwa durch
einen bedienten. (!)[36]

Locke folgt hier den jesuiten. bei diesen heiszt es, dasz man
in der 'ämulation' das bewährteste hülfsmittel habe, wenn man sie
geschickt zu reizen verstehe. dies geschehe dadurch, dasz man den
ehrgeiz anfeuere. auch sie wenden körperstrafen sehr wenig an und
verlangen, 'dasz der magister keinen mit seinen eigenen händen
schlage.' eine solche methodische erziehung zum ehrgeize, welche
zu kaltem stolze und zum hochmut führt, verdient grosze mis-
billigung; denn sie sündigt gegen ein hauptgebot des christentums,
gegen die demut. der ehrtrieb des kindes soll allerdings geweckt
werden, aber nur in soweit, als er die grundlage bildet für das zarte
ehrgefühl und edle ruhmliebe. Locke aber erkauft durch seine art
von belohnungen den gehorsam des kindes, und da er auf diese
weise keineswegs eine freie unterwerfung unter das gesetz erzielt,
so erzieht er geradezu die 'sittlichen verkrüppelungen' der eitelkeit,
des stolzes und der ruhmsucht. — Körperliche züchtigung, die
Locke bei der erziehung ausgeschlossen sehen möchte, ist und bleibt
ein nötiges und wirksames erziehungsmittel und namentlich in den
jahren des knaben, wo bei ihm ein unwillkürliches drängen und
ankämpfen gegen das gesetz und ein unbändiges streben nach
unabhängigkeit und selbständigkeit hervortritt. eine körperstrafe

---

[35] esteem and disgrace are, of all others, the most powerful incen-
tives to the mind, when once it is brought to relish them. p. 71.

[36] ingennous shame and apprehension of displeasure, are the only
true restreint: these alone ought to hold the reins and keep the child
in order. p. 75.

[37] concerning reputation, I shall only remark this one thing more
of it; that though it be not the true principle and measure of vertue
(for that is the knowledge of a man's dnty) .... yet it is that, which
comes nearest to it. p. 77. repntation is the proper guide and encou-
ragement of children, till they grow able to judge for themselves, and
to find what is right, by their own reason. p. 77.

[36] heating then, and all other sorts of slavish and corporal punishe-
ments are not the discipline fit to he used in the education of those
we would have wise, good and ingenuous men. p. 66. auch Montaigne
spricht sich gegen körperliche züchtigung aus. vgl. I, II 8 s. 767 n. 768.

soll aber immerhin nur so gegeben werden, dasz sie bei dem knaben das gefühl der gerechtigkeit derselben zur überzeugung führt und dasz sie sein vertrauen und seine achtung zu seinem erzieher nicht erschüttert, noch ihn an dessen liebe irre macht.

Nur wiederholtes lügen und hartnäckigkeit, sagt Locke, sind mit schlägen zu strafen.[39] kleinere abweichungen von der wahrheit kann man übersehen. aufrichtigkeit musz man belohnen.

Locke hat vollkommen recht, wenn er verlangt, dasz man der begründung der neigung zum lügen entgegenarbeiten müsse; aber dazu ist auch die geringste abweichung von der wahrheit zu rechnen, als aufschneiderei, prahlerei usw. die aufrichtigkeit belohnen heiszt lügen säen.

Die religiös-ethischen pädagogischen grundsätze faszt Locke ganz allgemein und einfach ungefähr in folgenden worten: die notwendigste eigenschaft eines mannes ist tugend.[40] ohne sie wird er weder in dieser noch in jener welt glücklich sein können. als den ersten grund zur tugend musz man dem knaben frühe den wahren begriff von gott geben und ihm liebe und ehrerbietung zu diesem einflöszen. den gottesbegriff verwirre man nur nicht: man sage bei gelegenheit, gott habe alles erschaffen; er thue alles, er regiere, höre, sehe alles und erweise denen gutes, die ihn lieben und ihm gehorchen.

Wiederholt spricht Locke von der wichtigkeit der erziehung zur tugend, ohne über diese irgendwo eine definition anzugeben. aus der art und weise jedoch, wie er auf die tugend hinweist und ihre bedeutung als ziel der erziehung darstellt, können wir seine philosophische bestimmung des tugendbegriffs mit der Kantschen ausdrücken 'als die moralische stärke des willens in befolgung der pflicht, oder in der unterordnung der neigungen und begierden unter das gesetz der vernunft.' Locke fordert mit recht, dasz zur grundlegung dieser tugend die sittlich-religiöse gesinnung, in welcher jene ihre wurzel hat, gefestigt und dem jugendlichen herzen tief eingeprägt werde. ganz entgegen steht diese ansicht dem starren dogmatismus der alten schule, durch welchen die sittlich-religiöse bildung in ein trockenes auswendiglernen der biblischen geschichten ausgeartet war. — Wir haben hiermit die hauptmaximen

---

[39] nothing bnt obstinacy shonld meat with any imperionsness or rough nsage. p. 301. Montaigne ist derselben ansicht. I, I 9 s. 55. — Bnt stnbbornness, and obstinate desobedience must be master'd with force and blow's. p. 121. — .... and it (lying) is not to be endnred in any one, who wonld converse with people of condition. (!) p. 245. — ...... as a qnality so wholly inconsistent with the name and character of a gentleman. p. 244. dazn siehe Montaigne I, I 25 s. 275.

[40] that which every gentleman desires for his son, besides the estate he leaves him, is contain'd in these four things: virtue, wisdom, breeding, and learning. p. 247.

12

kennen gelernt, welche Locke für die sittliche erziehung gegeben
hat, und werden nun diejenigen beleuchten, welche er bei der
intellectuellen erziehung befolgt. das verhältnis dieser zur
sittlichen erziehung spricht Locke in folgenden worten aus: 'tugend
und eine wohlgeartete seele ist aller art von gelehrsamkeit vorzuziehen, und es ist die hauptsache der erziehung, das herz der schüler
zu bilden.' [41] vom eigentlichen lernen, welches man gemeiniglich
zum hauptzweck der erziehung macht, spricht er in seiner schrift
zuletzt und erklärt es für das geringste stück (least part) bei der
erziehung. [42] wir können hier Lockes ansicht nicht teilen. indem er
der erziehung im weiteren sinne nur die charakterbildung zuweist,
faszt er sie zu beschränkt. die intellectuelle bildung kann man der
moralischen nicht unterordnen. durch den unterricht wird dem
geiste derjenige stoff zugeführt, welchem die erziehung im engeren
sinne die form zu geben hat. freilich wurde zur zeit Lockes den
schülern ein todter stoff gewaltsam aufgedrängt, ohne dasz sie ver-
anlaszt wurden, denselben durch eigene thätigkeit sich anzueignen.
die erziehung bestand zum groszen teile aus einem herz- und gemüt-
losen unterrichten, mehr aus einem anlernen als aus einem bilden.
aus diesen gründen eiferte Locke gegen die art und weise des unterrichts und übersah dabei den zweck des letztern. erziehung und
unterricht sind vollständig gleichberechtigte, integrierende factoren
bei der ausbildung des menschen; die erziehung soll unterrichten
und der unterricht soll erziehen. Locke will den zögling zunächst
zu einem bestimmten grade von selbständigkeit führen und dann
ihm den stoff zu eigener, selbstthätiger gestaltung darbieten. es
wäre das möglich und müste jedenfalls dem unterrichte bedeutenden
vorschub leisten, wenn man alles objective, welches die menschliche
seele bedarf, um ihre anlagen und kräfte zu entwickeln, dem menschen bis zu einer gewissen zeit verschleiern könnte!

Was die einzelnen unterrichtsgegenstände und deren
lehrmethode betrifft, so wird Locke in deren behandlung aus-
führlicher, als man es nach seiner einleitung erwarten sollte. seine
principien sind in dieser hinsicht folgende. sobald das kind sprechen
kann, soll es 'spielend' lesen lernen. [43] dazu empfiehlt er, dasz
man dem kinde einen würfel zum spielen gebe, auf dessen flächen

---

⁴¹ § 177 p. 319. vgl. auch Montaigne I, I 24 nnd besonders s. 230.

⁴² so auch Montaigne: 'nachdem man einem jungen manne das-
jenige gelehrt hat, was ihn weiser zu machen nnd zu bessern geschickt
ist, kann man ihn auch unterrichten, was die vernunftlehre, die natur-
lehre, die meszkunst und die redekunst sind: und weil sein verstand
schon geschärft ist, so wird er mit der wissenschaft, die er sich wählt,
gar bald zu stande kommen.' I, I 25 s. 273.

⁴³ that a great care is to be taken, that it he never made a bu-
siness to him, nor he look on it as a task — I have always had a
fancy, that learning might be made a play and recreation to children.
p. 271. vgl. hierzu Montaigne I, I 25 besonders s. 304 ff.

man die buchstaben schreibt; so lerne das kind allmählich das ABC." später verbinde man die buchstaben zu silben usw. hat das kind auf solche weise lesen gelernt, so gebe man ihm Aesops fabeln zur lectüre. es ist gut, wenn diese bilder enthalten; das kind findet alsdann mehr belustigung an den erzählungen. ebenso ist Reineke Fuchs mit bildern zu empfehlen. zur weiteren übung soll das kind dann solche abschnitte aus der bibel lesen, die seiner fähigkeit und seinen begriffen gemäsz sind, z. b.: die geschichten von Joseph, David, Goliath, Jonathan. wenn das kind lesen kann, soll es s c h r e i b e n lernen und zwar zuerst rothe buchstaben schwarz nachfahren. wenn sich gelegenheit bietet, soll es auch stenographie (short-hand) lernen.

Die hier von Locke angegebene methode für den lese- und schreibunterricht ist die jetzt fast allgemein in anwendung sich befindende. bemerkenswerth ist noch, dasz Locke schon mit diesem elementarunterricht realkenntnisse verbindet. dasz er dazu den Aesop und Reineke Fuchs vorschlägt, scheint uns verwerflich. das kind kann bei der fabel die moral, die praktische regel der lebensweisheit unmöglich von dem bilde trennen und erfassen. ebenso wenig wird es die satirischen bilder des Reineke Fuchs verstehen; es müssen ihm also nach der lectüre nur die caricaturen von thieren im gedächtnisse bleiben. da Locke stets darauf dringt, dasz das kind nur das lernen solle, was der fähigkeit seiner begriffe entspricht, so widerspricht er im vorliegenden falle entschieden seinem principe.

F r a n z ö s i s c h soll der knabe lernen, sobald er seine muttersprache reden kann, und zwar durch übung und nicht durch grammatische regeln. auf diese weise lernt er französisch lesen und reden in 1—2 jahren. ein mensch von gutem stande soll unbedingt l a t e i n lernen, aber nicht solche, die es nie in ihrem leben brauchen werden.[45] latein soll der knabe ebenfalls nicht durch grammatik, sondern durch übung und zwar durch einen latein sprechenden hofmeister lernen. da sprachen nur durch übung, gebrauch und gedächtnis erlernt werden sollen, so werden sie mit der grösten vollkommenheit gesprochen, wenn alle regeln der grammatik gänzlich vergessen sind. (!) derjenige soll nur die grammatik lernen, welcher die sprache schon spricht und sie kritisch verstehen will; für den

---

[44] Locke hat als didaktiker häufig ähnlichkeit mit C o m e n i u s: 'anschauung ersetzt demonstration. fehlen hin und wieder die dinge, so mag dies und jenes sie vertreten, so z. b. abbildungen. dergleichen abbildungen sollte man in schulen haben; kosteten sie viel, so nützten sie viel.'

[45] can their be any thing more ridiculous, than that a father should waste his own money, and his son's time, in setting him to learn the roman language, when at the same time he designs him for a trade, wherein he having no use of latin? p. 289. vgl. M o n t a i g n e I, I 25 s. 303—307.

bildet sie die vorschule zur rhetorik. Locke will ferner nicht, dasz
die schüler lateinische aufsätze schreiben, da sie meist über
sachen schreiben, von denen sie nichts wissen.[46] solche übungen
nützen nicht zu den geschäften, noch zur erlernung der sprache oder
zur schärfung des witzes. die schüler sollen aber in ihrer muttersprache fleiszig aufsätze schreiben. auch das auswendiglernen
der lateinischen classiker verwirft Locke, weil dadurch das
gedächtnis des zöglings nicht gestärkt werde.[47] er soll nur die
schönsten stellen lernen durch häufiges repetieren.[48] erhält der
schüler durch einen hofmeister lateinischen unterricht, also durch
conversation, so soll letzterer auch arithmetik, geographie,
chronologie, geschichte und geometrie in der fremden
sprache durchnehmen. auch durch übersetzen aus dem lateinischen in die muttersprache soll sich der schüler kenntnisse sammeln
von den mineralien, pflanzen und thieren, aus der geographie, astronomie und anatomie. latein und sprachen bilden bei Locke einen
unwesentlichen teil der erziehung. die mutter sollte es den knaben
lehren durch vorlesen des Aesop, des Eutropius und des Justinus
und der bibel. (!) da nur der 'gelehrte' griechisch verstehen
soll, so braucht also Lockes schüler es nicht zu lernen. will dieser
später die griechische litteratur kennen lernen, so kann er die
sprache leicht (!) selbst lernen. (?) vor allen dingen aber soll man
grosze sorgfalt darauf verwenden, dasz der knabe in seiner muttersprache tüchtig werde. weil er sie stets reden wird, so soll er sie
schön sprechen und schreiben lernen und sie nicht als die 'sprache
des ungelehrten pöbels' verachten.[49]

Bei allem was hier Locke über die erlernung der sprachen
sagt, tritt überall sein hauptprincip des unterrichts, das der 'nütz-
lichkeit', hervor. 'man lernt die sprache zu ordentlichem um-
gange' sagt er. da er so das richtige ziel des fremdsprachlichen
unterrichtes verkennt, so verfehlt er auch dessen methode.[50] was
die classischen studien anbetrifft, so hat von Raumer deren ziel
treffend mit den worten bezeichnet: 'ist es nicht ein gründliches

---

[46] z. b. omnia vincit amor. non licet in bello bis peccare.
Locke nennt dies aufsatzschreiben a sort of egyptian tyranny, to bid
them make bricks, who have not yet any of the materials. p. 307.

[47] for it is evident, that strength of memory is owing to an happy
constitution, and not to an habitual improvement got by exercise.
p. 314.

[48] which is the only way to make the memory quick and useful.
p. 318.

[49] but whatever foreign languages a young man meddles with (and
the more he knows the better) that which he should critically study,
and labour to get a facility, cleanness and elegancy to express himself
in, should be his own, and to this purpose he should daily be exercised
in it. p. 341 n. 342.

[50] Rousseau schätzt den sprachunterricht noch geringer: on sera
surpris que je compte l'étude des langues au nombre des inutilités
. . . . . Emile I s. 158 n. 159.

verstehen der classiker, erweiterung des historischen gesichtskreises, wachstum in kenntnissen und erkenntnis, sinniger kunstgenusz — bildung?[51] wie arm steht Lockes ideal hierneben! aber sehr zu beachten ist, was er gegen das lateinschreiben der schüler sagt; auch hierzu können wir passend die worte Raumers setzen: 'so bildet man die schüler zu manieristen in der muttersprache, zu einem intellectuellen pharisäismus, zu einem wesenlosen, gespenstigen stile. unzählige auf solche weise in der jugend verbildete behalten zeitlebens jene kümmerlichen schülerideale, liefern zeitlebens schülerarbeiten, bleiben zeitlebens in dem wahne: ihre fertigkeit im componieren erborgter, unverdauter phrasen sei classische bildung!' — Ein groszes verdienst hat sich Locke um den fortschritt in der pädagogik erworben, dasz er zu fleisziger berücksichtigung der muttersprache anregung gegeben hat. in dem principe, latein mit den realien zu verbinden, folgt er Comenius.

Doch nicht allein durch den sprachlichen unterricht soll der knabe realien lernen, sondern er soll hierin neben jenem noch unterrichtet werden. mit der geographie ist der anfang zu machen, und zwar musz man den schüler zunächst die erde als himmelskörper und darauf als physischen körper kennen lehren; sodann die anfänge des rechnens vornehmen (von dem ein mensch nie zu viel wissen könne) und wieder auf die geographie zurückkommen. hier nimmt man nunmehr die laufbahn der gestirne (Kopernikanisches system) durch. alles ist erst an einem globus und dann am himmel selbst zu erklären; man gehe dabei immer vom einfachen zu schwererem über.[52]

Die methode des geographischen unterrichtes, die Locke hier aufgestellt hat, verdient hohe beachtung; sie ist die noch jetzt fast allgemein gebräuchliche. sie betrachtet zunächst die erde als physischen körper, gibt die allgemeinen geographischen begriffe (land, wasser, ebene, berg; configuration der land- und wassermassen) und geht, wenn der schüler eine vorstellung von der erdkugel erlangt hat, dazu über, ihn ihre stellung im weltenraume, ihr verhältnis zum system der planeten kennen zu lehren. auffallend ist es, dasz Locke von der politischen geographie keine erwähnung thut: die einteilung des menschengeschlechtes nach racen, sprachen, religionen,

---

[51] von Raumer, geschichte der pädagogik bd. III s. 125.

[52] but in this as in all other parts of instruction, great care must be taken with children, to begin with that, which is plain and simple, and to teach them as little as can be at once, and settle that well in their heads; before you proceed to the next or any thing new in that science. p. 324. — Rousseau ist vollständig derselben ansicht; seine methode des geographischen unterrichts ist aber verschieden von der Lockeschen: vous voulez apprendre la géographie à cet enfant, et vous lui allez chercher des globes, des sphères, des cartes; que de machines! pourquoi toutes ces représentations? que ne commencez-vous par lui montrer l'objet même, afin qu'il sache au moins de quoi vous lui parlez. liv. III p. 12. — cf. p. 18 sqq.

culturgraden und staaten, die geschichtliche entwickelung der völker, alles das bietet doch die erste und beste vorbereitung und vorübung für den unterricht in der geschichte. über diesen und seine bildungskraft für die gemüts- und charakterbildung gehen allerdings Lockes ansichten widersprechend auseinander. so sagt er, als er von der 'neigung der kinder zur grausamkeit' spricht: 'die geschichte erzählt uns nur von todtschlagen, und die eroberer, welche der knabe bewundern lernt, sind schlächter des menschengeschlechtes. so wird bei dem knaben das wohlwollen erstickt und die neigung zur grausamkeit ihm eingepflanzt.' (!)[53] hier, wo Locke der geschichte unter den lehrfächern den rang bestimmt, nennt er sie die 'grosze lehrmeisterin der klugheit', welche lehrt und ergötzt.[54] chronologie soll der knabe lernen, damit er später einen klaren überblick über die geschichte bekomme. diese erlerne er zunächst durch das lesen historischer schriftsteller wie Justin, Eutrop, Quintus Curtius usw.; später lese er dann Cicero de officiis — de officiis hominis et civis von Pufendorf — de iure belli et pacis von Grotius — und de iure naturali et gentium von Pufendorf.

Hier tritt uns wieder die grosze einseitigkeit entgegen, mit welcher Locke vom unterrichte spricht, wenn er durch ihn nichts 'nützliches' für das spätere lehen des zöglings erreichen kann. der geschichtliche unterricht umfaszt die entwickelung des menschlichen geschlechtes in allen ihren formen, und seine aufgahe ist die, im weitesten umfange lehendige bilder des geistigen zu entwerfen und den seelen der schüler einzuprägen; das geschieht durch lebendige erregtheit und reiche anschaulichkeit des mündlichen vortrages.[55] wie aber soll der knabe durch das lesen des Justin, Cicero usw. tiefe eindrücke für gemüt und phantasie erhalten? diese methode des geschichtsunterrichtes möchten wir ein abrichten zur 'lebensklugheit' nennen. zu billigen ist der vorschlag Lockes, den geschichtlichen unterricht auf das grundgerüst der chronologie zu stützen.

Da Lockes zögling ein routinirter weltmann werden soll, so musz er auch den allgemeinen teil des bürgerlichen rechtes und die landesgesetze gründlich kennen.[56] logik und rhetorik. es ist nötig, dasz man recht vom unrecht, wahres vom falschen zu unterscheiden verstehe und darnach handle. das erlernt man aber nicht durch die förmlichkeit des disputierens, noch aus regeln

---

[53] nicht so Montaigne. vgl. I, I 25 s. 262. 263 und I, II 10 s. 825 ff.

[54] history, which is the great mistress of prudence and civil knowledge, and ought to be a proper study of a gentleman or a man of business in the world. p. 326. as nothing teaches, so nothing delights more than history. p. 328.

[55] vgl. F. E. Beneke, unterrichtslehre (Berlin 1864) s. 312. 313.

[56] this general part of civil-law and history are studies, which a gentleman should not barely touch at, but constantly dwell upon, and never have done with. p. 330.

und phrasen.[57] um die geschicklichkeit zu erlangen, richtig zu denken und schön zu reden, studiere man die schriften von Chillingworth[58] und Cicero.

Wir stimmen Locke darin bei, dasz man durch 'förmliches disputieren' allein nicht richtig denken lernen kann, da es meist in leeres und spitzfindiges wortfechten ausartet. die verstandesentwickelung gründet sich auf lebendiges anschauen und vergleichen, und das läszt sich ebensowenig erreichen durch das studieren von schriften über logik.

Naturphilosophie. diese besteht aus der lehre von den geistern und von den körpern; erstere musz dieser vorangehen.[59] der schüler soll die philosophen nicht lesen, aber der mann vom stande soll in einige ihrer werke gucken (look into some of them), damit er sich zur unterhaltung geschickt mache. (!) da Descartes am meisten nach der mode ist, so mag er den lesen. er studiere die corpusculares und nicht die peripatetiker, da diese nur speculative lehrgebäude aufführen. durch das vortreffliche buch des 'unvergleichlichen Newton' philosophiae naturalis principia mathematica erlangt der schüler kenntnis von der natur.[60] auch hier finden wir wieder das utilitätsprincip für das studium maszgebend.

Wir haben schon mehrfach auf die einseitigkeit hingewiesen, mit welcher Locke den zweck der erziehung auffaszt: diese einseitigkeit bildet einen grund für seine geringschätzung der ästhetischen erziehung. da wo Locke von dieser spricht, finden wir ihn recht als reinen verstandesmenschen, dem alle phantasie und jeglicher sinn für das schöne abgeht. so will er, dasz der knabe im zeichnen unterrichtet werde, damit er geläufig gebäude und maschinen fixieren lerne, da das auf reisen oft sehr 'nützlich' ist. eine auffallende abneigung zeigt Locke gegen die poesie.[61] recht hat Locke, dasz er gegen das versemachen der schüler in lateinischer sprache eifert, welches immer nur ein 'stümperhaftes zusammen-

---

[57] right reasoning is founded on something else tban the predicameuts and predicables, and does not consist in talking, iu mode and figure itself. vgl. dazn: on hnman nnderstanding. buch IV cap. 17.

[58] Locke meiute entweder den englischen mathematiker Johann Cbilliugworth, oder den theologen Wilbelm Cb.

[59] dazu sagt Rousseau: cette marcbe est celle de la snperstition, des préjngés, de l'errenr: ce n'est point celle de la raison, ui même de la nature bieu ordonnée; c'est se boucher les yeux pour appreudre à voir. il fant avoir loug-temps étudié les corps pour se faire une véritable notion des esprits, et soupçonner qu'ils existent. l'ordre contraire ne sert qu'à établir le matérialisme. liv. IV p. 194.

[60] the works of uature are contrived by a wisdom, and operate by ways too far surpassing onr faculties to discover, or capacities to conceive, for ns ever to be able to reduce tbem into a science. (!) p. 342.

[61] Montaigne urteilt anders: 'ein an das silbenmasz der dicbtkunst gcbundener gedanke scbeint mir weit mehr stärke zu erlangen nnd mich weit lebhafter zu rühren.' I, I 25 s. 239.

flicken' bleibt; aber es ist verletzend, wenn er verlangt, man solle
jede poetische ader bei dem schüler ersticken und unterdrücken, weil
dieser sonst jedem andern berufe seines lebens absterbe und, was
noch schlimmer ist, er gefahr laufe, der zeitvertreiber lüderlicher
gesellen zu werden und seine zeit an schlechten orten in schlechten
gesellschaften zuzubringen und dazu sein vermögen zu verlieren. (!)
d e r m u s i k weist Locke die 'letzte stelle' unter den künsten an.
es kostet zu viel zeit, sagt er, ein instrument ordentlich spielen zu
lernen, und stümpern ist häszlich. hat ein knabe neigung dazu, so
musz man befürchten, dasz er 'nützliche' sachen dadurch vernach-
lässige. [62] t a n z e n soll indessen das kind lernen, sobald es vermag.
das gibt den bewegungen des körpers für immer anmut und bringt
den kindern mannhafte gedanken und anstand bei. [63]

Dasz das tanzen ästhetische bildungskraft besitzt, räumt Locke
ein, und zwar aus dem grunde, weil es seinem zögling körperliche
gewandtheit gibt, die ihm später in der gesellschaft nötig und
'nützlich' ist. malerei, musik und poesie gewähren dem schüler
Lockes keinerlei nutzen, somit spricht er ihnen auch jede bedeutung
für intellectuelle und charakterbildung ab, auf welche sie unstreitig
bedeutenden und günstigen einflusz ausüben. es ist allerdings notwendig, dasz man bei dem schüler einen w a h r e n sinn für das
schöne zu wecken suche und somit jede affectation und künstelei
vermeide. durch das z e i c h n e n lernt der schüler die natur auf-
merksamer und schärfer betrachten. die m u s i k hat eine unmittelbare gewalt über unser ganzes gefühlsleben; sie wirkt veredelnd
auf geist und gemüt. die p o e s i e schlieszlich, welche die sprache
zu ihrem darstellungsmittel nimmt, vereinigt gewissermaszen die
wirkungen und bildungsfactoren der schönen künste: sie erregt
gleich der musik das ganze geistes- und gefühlsleben und schafft,
gleich den bildenden künsten, plastische gestalten für das geistige
auge. [64]

Zum schlusse seines werkes verlangt Locke, dasz sein schüler
ein h a n d w e r k erlerne, da er dadurch den körper übe und auch
die sache selbst ihm 'nützlich' sei. er empfiehlt für die landjunker

---

[62] I think, that the time and pains allotted to serious improvements,
should be employ'd about things of most use and consequence, and
that too in the methods the most easy and short, that could be at any
rate obtained. p. 355.

[63] yet I k n o w n o t h o w, it gives children manly thoughts and
carriage more than any thing. p. 90.

[64] auch hier geht R o u s s e a u weiter in der verachtung von kunst
und wissenschaft. vgl. seine von der akademie zu Dijon gekrönte
preisschrift vom jahre 1749. si le rétablissement des sciences et des
arts a contribué à épurer les mœurs? S c h i l l e r nennt die ästhetische
erziehung einen 'gegenstand, der mit dem besten teile unserer glück-
seligkeit in einer unmittelbaren und mit dem moralischen adel der
menschlichen natur in keiner sehr entfernten verbindung steht.' Sch.
werke in 2 bänden. Stuttgart 1867. I s. 1359.

den gartenbau, für die edelleute der stadt das zimmer- und tischler-
handwerk u. a. m.[65] buchhalten und kaufmännisches rechnen
soll der junge gentleman ebenfalls lernen, damit er seine ver-
mögensverhältnisse stets in ordnung halten könne. das reisen auf
den continent, wie es zu damaliger zeit für die jungen leute vom
16—21n jahre in England sitte war, verwirft Locke, da in diesen
jahren der mensch zu alt sei, um sprachen zu lernen, und zu jung,
um die sitten und gebräuche des auslandes mit vorteil studieren zu
können. die passendste zeit, um fremde sprachen zu lernen, sei die
vom 7—16n jahre. das reisen des jungen mannes mit seinem hofmeister sei ohne nutzen, da alsdann dieser für seinen zögling alles
denken und thun müsse.

Ueberall ist wieder der 'nutzen' entscheidend, d. h. diejenige
bildung, welche dem schüler zu seinem materiellen vorteile im leben
brauchbar ist.

Wir haben nunmehr an der seite Lockes das gebiet der erziehung durchwandert und stimmen mit ihm darin überein, dasz
der schüler das pädagogische ziel gegen das 21e jahr erreicht haben
müsse. seine vollständige emancipation kann selbstredend nicht
plötzlich stattfinden, sondern sie wird in dem masze eintreten, als
die mündigkeit und selbständigkeit des jünglings sich entwickelt
und er sein 'eigener erzieher' werden kann. eine kurze übersicht
seiner pädagogischen grundsätze gibt Locke am schlusse seiner
schrift in folgenden worten: 'lehre ihn (den schüler), dasz er her-
schaft über seine neigungen erlange und dasz er seine begierden der vernunft unterordne. wenn das erreicht und durch
fortwährende übung zur gewohnheit gemacht worden ist,
so ist der schwierigste teil der arbeit gethan. ich kenne kein mittel,
welches so sehr dazu beiträgt, einen jungen mann dahin zu bringen,
als ehrgeiz (love of praise and commendation). der sollte ihm
daher auf alle erdenkliche art eingeflöszt werden. mache sein gemüt
so empfindlich als möglich für ehre und schande. dann hat man
ihm einen grundsatz beigebracht, der auf seine handlungen einwir-
ken wird, wenn man auch nicht bei ihm ist. mit diesem grundsatze
ist die furcht vor einem leichten ruthenstreiche nicht zu vergleichen;
er wird der geeignete stamm, auf den man späterhin die grundsätze
der moral und religion pfropfen kann.[66]

----

[65] Rousseau betont hier das nützlichkeitsprincip noch stärker:
je ne veux point qu'il soit brodeur, ni doreur, ni vernisseur comme le
gentilhomme de Locke ...... il lui faut un métier qui pût ser-
vir à Robinson dans son isle. vol. II p. 75. 77. Montaigne verlangt auch, dasz der mensch in seiner frühen jugend reisen soll. I, I 25
s. 256.

[66] siehe s. 359 u. 360. vgl. dazu: Lessing, die erziehung des
menschengeschlechts bd. 5 § 83.

LOCKES STELLUNG IN DER GESCHICHTE DER PÄDAGOGIK.

Nachdem wir die pädagogischen grundsätze Lockes kennen gelernt haben, werden wir leicht seine stellung in der geschichte der pädagogik begreifen, wenn wir einen kurzen überblick werfen auf das schul- und bildungswesen seit der reformation und sodann nachweisen, in wiefern er durch seine neuen principien positive resultate für die entwickelung der pädagogik geliefert hat.

Eine solche historische begebenheit wie die reformation, welche zu einem allgemeinen geistigen umschwung drängte und deshalb in alle inneren verhältnisse neubildend eingriff, muste notwendig eine nachhaltige wirkung auf die schule ausüben. schon Luther selbst hatte klar eingesehen, dasz die freiheit des menschlichen geistes sich nur durch eine umgestaltung der christlichen kirche, verbunden mit einer schulreform, erreichen lasse. vor allem war es ihm darum zu thun, durch ein gutes 'hausregiment' und eine tüchtige 'kinderzucht' das wohl des volkes in der familie zu begründen. 'es ist eine ernste und grosze sache', sagt er, 'da Christo und aller welt viel an liegt, dasz wir dem jungen volke helfen und rathen; damit ist denn auch uns allen gerathen und geholfen!' Luther sprach zuerst die neuen erziehungsgrundsätze aus, welche im allgemeinen später die sogenannten 'neuerer' charakterisieren.[67] er empfiehlt freie und vielseitige individuelle ausbildung, unbefangene betrachtung der natur und körperliche übung. Luthers principien gelangten durch seinen freund Melanchthon, den 'praeceptor Germaniae', zu praktischer ausführung, indem dieser lehrbücher verfaszte und bildungsanstalten stiftete. es war indessen nicht möglich, dasz gleich beim ersten anlaufe die groszen veränderungen in der schule bewirkt werden konnten, welche diese männer herbeizuführen sich bestrebten, und auch die eifrigen bemühungen des gymnasialrectors Trotzendorf (Valentin Friedland) zu Goldberg und des Straszburger gymnasialrectors Johannes Sturm vermochten nicht, das oben genannte ziel zu erreichen. bei ihrer einseitigen auffassung des bildungszweckes muste die von Luther und Melanchthon angestrebte freie und umfassende entwickelung der individualität verkümmern. das gemeinsame ziel der schule war das, ihre zöglinge zu der kunst abznrichten, latein wie ihre muttersprache sprechen und schreiben zu können. bei dem streben nach diesem ideale, welches mit wahrhaft bewunderungswürdigem eifer verfolgt wurde, muste die erlernung der muttersprache und der realien gewaltsam zurückgedrängt werden; denn alle kräfte der lehrer und lernenden wurden dazu angespannt, römische beredtsamkeit bei den letzteren zu erzielen. charakteristisch für die richtung des strebens der gelehrten schulen damaliger zeit

---

[67] von Raumer hat in seiner 'geschichte der pädagogik' in trefflich gewählter weise eine kurze zusammenstellung dessen gegeben, was Luther über erziehung und unterricht gesagt hat (bd. I s. 133—180).

ist folgende strophe aus einem lobgedicht auf Trotzendorf und seine schule:

Atque ita Romanam linguam transfudis in omnes,
turpe ut haberetur, Teutonico ore loqui.
audisses famulos famulasque latina sonare,
Goldbergam in Latio crederis esse sitam.[68]

Sturm sagt sogar in 'hypersthenischer' weise: scribendi et commentandi et declamandi et dicendi videre mihi videor, ipsos magistros non insequi, sed assequi facultatem illam optimarum aetatum quae Athenis et Romae fuit.[69] bei solch knechtischer imitation der alten war es natürlich unmöglich, der bildung eine vielseitige ausdehnung zu geben und individuelle entwickelung zu erreichen.

Während jene männer in den protestantischen schulen den grundsätzen der reformatoren entgegenarbeiteten, führten die jesuiten in den katholischen schulen ihre antireformatorischen principien bei der erziehung und dem unterrichte aus. 'da das bestreben Luthers und der reformatoren dahin gieng, durch eine umgestaltung der schulen das volk von dem geistigen absolutismus abzuziehen, so war die tendenz der jesuiten vorzugsweise darauf gerichtet, die schulen zu gewinnen, um durch sie eine reaction hervorzurufen. sehr bestimmt spricht sich über diesen zweck ihr lehr- und erziehungsplan[70] aus, in welchem es heiszt: 'bringt aber die erde irgendwo gift hervor, so gibt ebendieselbe auch wiederum ein gegengift. erheben zu einer zeit stürme sich, so weisz die göttliche vorsehung dieselben auch zu stillen. sagt irgend ein feind der braut Christi der kirche gottes krieg an, so wird im gewaltigsten kampfe, da der sieg schon auf die seite des mächtigsten feindes sich neigen will, ein held von gott geweckt, der im namen des herrn, wie ein anderer David, wider den riesen in den kampf tritt und diesen ruhmvoll erlegt. ein solcher held war Ignatius der Lojolite. — — Diesen schuf gott zum stifter eines ordens, der wider die neue häresie eine kräftige schutzmauer seiner heiligen kirche geworden.' prüfung des buchstabens, wie wir gesagt, forschung, folglich wissenschaft war der charakter dieser häresie. der orden, welcher die völker vor dieser irrlehre bewahren, in dem alten glauben bestärken sollte, muste die gleiche waffe, das ist die wissenschaft ergreifen und sich damit rüsten, wenn er mit ihr den kampf glücklich aufnehmen wollte. — — Sie sollten sich ganz besonders der jugend, welche die bahn der wissenschaft läuft, sie sollten sich der studierenden jugend annehmen und sie vor dem gifthauche falscher lehre, die im schmuckkleide der wissenschaft erscheint, schützen. schule und erziehung war

---

[68] bei v. Raumer nach Pinzger angeführt bd. I s. 219.
[69] epp. class. p. 119. — Raumer I 305.
[70] der lehr- und erziehungsplan der societät Jesu (Landshut 1833. u. 1835) I s. 363 ff.

ihre eminente aufgabe, ihre hauptbestrebung.' — Die
pädagogische wirksamkeit der jesuiten begann mit der 'ratio et
institutio societatis Iesu', welche unter dem ordensgeneral Claudius
Aquaviva 1588 entworfen und 1599 veröffentlicht worden ist.[71]
die organisation der jesuitischen schulen zeigt viele ähnlichkeit mit
der der protestantischen. das hauptgewicht wurde hier wie dort auf
Ciceronianisches latein gelegt. der ethisch-religiöse charakter
der jesuitischen schulen war vorzugsweise ausgeprägt; denn 'religion', heiszt es im erziehungsplan, 'ist der grund und die höhe aller
schule und erziehung, ihre basis und ihr gipfel, ja ihr mittel und
ihre seele'. durch strenge zucht und die sogenannte ämulation
sollten die schüler 'zum gehorsam und zur liebe gottes und der
tugend vorbereitet werden'. im interesse der römischen hierarchie
erzogen die jesuiten ihre schüler zu blindem, unbedingtem gehorsam;
waren sie ja selbst zu einem solchen verpflichtet. durch diesen eifer
für die obedienz erdrückten sie das freie, selbständige denken, die
freie geistesbildung und erzielten eine rein 'mechanische dressur'.
die realstudien wurden ebenfalls bei ihnen vernachlässigt, denn es
wäre durch sie der geist zu eigener forschung angereizt worden,
und das widerstrebte ihren grundsätzen, welche darauf drangen,
dasz die schüler sich strenge und ohne jegliche prüfung an gewisse
autoritäten halten musten. es ist nicht zu leugnen, dasz die jesuiten
durch ihre methodik des sprachunterrichtes bei ihren zöglingen
grosze erfolge erzielt haben, und wahrscheinlich hat auch in diesem
sinne Baco das bekannte wort gesprochen: ad paedagogicam quod
attinet, brevissimum foret dictu: consule scholas Iesuitarum; nihil
quod in usum venit his melius.[72]

Wir sehen also, dasz sowol in den protestantischen als in den
katholischen schulen die gröste pflege auf das studium der alten
verwandt wurde und dasz bei dem streben, eine ideale vollkommenheit zu erreichen, die schüler immer mehr vom praktischen leben
und seinen anforderungen zurückgezogen werden musten. man
hatte zwar angefangen, astronomie, mathematik und geschichte zu
lehren, aber nicht nach der lebendigen natur, sondern nach Aristo-
teles, Euklid und Tacitus, und dann trieb man diese lehrgegenstände
nicht der sache selbst wegen, sondern nur zum verständnis der
classiker. ganz bezeichnend hat von Raumer diese richtung der
realstudien mit dem ausdrucke 'verbaler realismus' benannt.

---

[71] der lehrplan teilt die unterrichtsgegenstände in studia inferiora
und studia superiora. die ersten wurden in den fünf unteren classen
absolviert. (infima, media et suprema classis grammaticae, humanitas,
rhetorica.) der unterricht drehte sich vorzugsweise um das latein,
welches die schüler lesen, schreiben und sprechen lernen sollten. die
studia superiora, welche aus einem philosophischen und einem theolo-
gischen cursus bestanden, umfaszten die Aristotelische philosophie,
ethik, mathematik, heil. schrift, scholastische theologie, hebräisch und
casuistik.
[72] de dignitate et augmentis scientiarum I 6 c. 4.

Frische, lebendige beziehung der schule zum leben wurde immer dringender: die erfindung der buchdruckerkunst, die entdeckung Amerikas, die bedeutenden fortschritte, welche durch Kopernikus (geb. 1473, † 1543), Galilei (geb. 1564, † 1642) und Kepler (geb. 1571, † 1630) in der naturwissenschaft gemacht worden waren, vereinigten nun ihre wirkungen mit denen der reformation und verursachten einen umschwung in der gesamten denkart und bildung der zeit, so dasz fast bei dem einzelnen der drang erwachte, sich von dem drückenden autoritätsglauben des mittelalters zu befreien, um sich die neuen schätze der wissenschaft aneignen zu können. 'gegen das veraltete und verrottete erhebt sich die frische werdelust des unabweislichen fortschrittsbedürfnisses, gegen das erstorbene und erstarrte die unverlierbare jugendfrische und innerlichkeit der nach unverkümmerter entfaltung lechzenden menschennatur, gegen das äuszerliche und geradlinige einseitiger verstandesbildung die drängende sprache des fühlenden herzens, gegen das dintenwüchsige das naturwüchsige.'[73] diese neue gesamtgeistesrichtung wurde von Franz Baco von Verulam und Michael Montaigne auf die pädagogik übertragen, indem sie solche pädagogische principien aufstellten, welche dem allgemeinen bedürfnis entsprachen. obgleich der einflusz, den diese männer auf die entwickelung des erziehungswesens ausübten, nur ein mittelbarer war, so hatte er doch eine höchst nachhaltige wirkung. Baco empfiehlt unmittelbare und treue beobachtung der natur selbst. 'alles', sagt er, 'kommt darauf an, dasz wir die augen des geistes nie von den dingen selbst wegwenden und ihre bilder ganz so, wie sie sind, in uns aufnehmen.' er fordert ferner die menschen auf, 'erlernte und ererbte ansichten eine zeitlang ganz aufzugeben und sich wie neugeborene kinder mit klarem sinne der betrachtung der schöpfung zuzuwenden. der unmittelbare geistesgegenwärtige verkehr des menschen mit der schöpfung müsse wieder hergestellt werden, an die stelle jenes durch verdrehende und verdunkelnde naturbeschreiber, erzähler und ausleger vermittelten.' aus solch freier betrachtung des einzelnen auf dem wege der induction entsteht das erkennen und die einsicht in die natur. (per inductionem et experimentum omnia.) durch diese inductorische lehrmethode hat Baco diejenige methode des unterrichts begründet, welche seit Pestalozzi fast allgemein anwendung gefunden hat. Baco war der begründer des 'realen realismus', indem er nicht allein wort-, sondern auch sachstudium verlangte und sich gegen die tyrannei der autoritäten erklärte. in derselben weise fordert auch Montaigne beim unterricht bekanntschaft mit der sache: 'wenn unser schüler nur einen guten vorrath von sachen hat', sagt er, 'so werden die worte schon folgen: und wenn sie nicht folgen, so mag er sie mit gewalt herbei-

---

[73] Hettner, litteraturgeschichte des 18n jahrhunderts II s. 409.

ziehen.'[74] auch er bekämpft das knechtische auswendiglernen, das
starre festhalten an den autoritäten, er will selbstthätigkeit und
freie entwickelung der individualität und übung des körpers.[75]
Montaigne war durch die art und weise, in der er erzogen wurde,
zum reinen eudämonisten geworden: so dringt er auch darauf, dasz
man spielend unterrichte. die neuen pädagogischen grundsätze
wurden durch die deutschen pädagogen Wolfgang Ratich und
Johann Amos Comenius (eigentlich Komensky) befestigt und
erweitert. auch sie giengen von einer gesunden anschauung der
menschlichen natur und der pädagogischen aufgabe aus. sie ver-
warfen die alte unterrichtsmethode und erfanden eine methode im
sinne Bacos, durch welche die schüler allmählich und naturgemäsz
(durch directe sinnliche betrachtung der dinge) von den elementen
bis zur wissenschaft geführt wurden. sie erstrebten eine emancipation vom lateinischen und darnach einen gründlichen unterricht in
der bis dahin vernachlässigten muttersprache. sie heben die realstudien hervor und verwenden aufmerksamkeit auf die leibliche erziehung.

So waren denn die alten ideen tief erschüttert, und das bedürfnis des fortschrittes verlangte unabweisbar die wahrung seiner
heiligen rechte. der so einmal angeregte geist der neuerung be-
mächtigte sich bald der litteratur, wo er eine unfaszbare, unwider-
stehliche gewalt übte. eine kühne kritik warf sich auf alle gegen-
stände der kirche und des staates und legte an die verschiedenheit
der bildung und des lebens das masz einer einfacheren natur. die
neuen ideen des realismus und des naturalismus brachen sich so,
auf dem umwege der litteratur, bahn und entwickelten sich bald als
fruchtbare keime.[76]

Die theologie, die rechts- und staatswissenschaft waren diesen
'umweg' gegangen, und nun betrat ihn auch die pädagogik. Baco
und Montaigne hatten den anfang gemacht und Locke, der schon
gelegentlich in seinen kleinen schriften die bedeutendsten fragen,
'das tiefste wollen und denken seiner zeit' besprochen hatte, folgte
jenen männern in der pädagogik und wurde der vermittler zwischen
ihnen und dem groszen zuge der pädagogischen neuerer. die art
und weise, in der seine schrift über die erziehung abgefaszt war,
verschaffte ihr bald aufsehen in weiteren englischen kreisen; aber
sie blieb ohne directen einflusz auf die entwickelung der neuen
pädagogischen ideen. auch hier hat Locke vielmehr 'die materialien
des kampfes gegen das monarchische, hierarchische, durch den fort-

---

[74] vgl. I, I 25 s. 293.
[75] 'ich wollte gerne, dasz zugleich mit der seele auch der körper
äuszerlich wohl gebildet und zu anständigen und geschickten stellungen
gebildet würde' usw. I, I 25 s. 284 ff.
[76] vgl. Gervinus, einleitung in die geschichte des 19n jahrhunderts
(Heidelberg 1853) s. 124 u. 125.

gang der zeiten unbrauchbar oder nachteilig gewordene gesammelt, als dasz er den kampf selbst begonnen hätte.'[77]

Während Baco und Montaigne nur auf einzelne mängel aufmerksam gemacht und vorschläge zu deren verbesserung gegeben hatten, behandelte Locke das gesamtgebiet der erziehung, und eine solche darlegung neuer pädagogischer ansichten war für sein zeitalter bedeutend.

Juvenals 'mens sana in corpore sano', welches Locke als höchsten zweck der erziehung an die spitze seiner schrift setzt, hebt seine ganze erziehungsweise aus der bis dahin allgemein gebräuchlichen heraus. während vor Locke die pflege der gesundheit sehr vernachlässigt worden war und körperliche übungen höchstens geduldet wurden, beschäftigt sich Locke eingehend mit der leiblichen erziehung und räumt ihr einen wichtigen platz ein. da körper und seele in inniger verbindung und wechselwirkung stehen, so verlangt Locke hohe physische bildung, um dadurch den geist zu ertüchtigen, dasz er sich den geboten der vernunft unterwerfen lerne.

Sowol in den protestantischen als auch in den katholischen schulen war die sittliche erziehung immer mehr zu einem reinen formalismus ausgeartet. — Locke weist mit allem nachdruck auf die hohe bedeutung der wahrhaft sittlichen bildung hin, d. h. derjenigen, 'welche auf die inneren regungen des herzens einflusz erlangt': die erziehung zur tugend.

Die intellectuelle bildung hatte man selbst seit der reformation mit der grösten einseitigkeit behandelt, indem das latein das eigentliche bildungsideal geblieben war. um dies zu erreichen, wurde das gedächtnis der schüler oft in übermäsziger weise angestrengt. die realistische seite des unterrichtes wurde bei diesem ungebührlichen streben nach römischer eloquenz entweder gänzlich vernachlässigt, oder nach lateinischen autoren behandelt. — Gegen eine solche trockene verstandescultur, gegen den 'philologisch-grammatischen gamaschendienst' und die ererbten ansichten zieht Locke energisch zu felde und verlangt, dasz das kind seine kenntnisse 'erfahre' und nicht 'unverdaut auswendig lerne.' er hat das grosze verdienst, der muttersprache geltung verschafft zu haben. ganz in dem sinne Bacos hatte er sich mit offenem auge und herzen der sache zugewandt: aus der reinen und lebenden natur selbst sollte der knabe die realien lernen, und nicht gedächtnismäszig aus den todten classikern. auf dem methodischen gebiete hatte man einem leeren formwesen gehuldigt. Locke dringt auf eine naturgemäsze methode beim unterricht; dazu verlangt er ein tiefes erforschen und die höchste berücksichtigung der individualität der schüler.

---

[77] F. C. Schlosser, geschichte des 18n jahrhunderts (Heidelberg 1853) bd. I s. 382.

Locke geht freilich in seinem eifer gegen den gelehrten gedächtniskram zu weit und betont auf der entgegengesetzten seite zu stark das utilitätsprincip. ihm fehlte jegliche phantasie und aller kunstsinn, und darum behandelt er die ästhetische erziehung mit groszer geringschätzung, indem er verlangt, dasz musik, zeichnen usw. rationalistisch zu rein materiellen zwecken gelehrt werde. sowol hierdurch fehlt Locke gegen die harmonische allgemeine menschenbildung als dadurch, dasz er die hofmeistererziehung idealisiert und den menschen auszerhalb des lebendigen und frischen organismus der menschlichen gesellschaft erzogen wissen will.

Wenn schon, wie aus dem gesagten erhellt, Locke durch seine darlegung neuer erziehlicher grundsätze eine bedeutende stellung in der reihe der pädagogen gebührt, so wird diese hervorragend durch seinen einflusz auf Jean Jacques Rousseau.[78]

Durch diesen wurden Lockes lehren zum allgemeinen bewustsein gebracht; es bedurfte dazu seines eminenten und revolutionären geistes, seiner unbeugsamen energie; 'denn die schlaffe zeit muste mit ruthenstreichen geweckt werden, sie muste erst das luftgebäude ihres nichtigen treibens mit schonungslosen streichen zertrümmert sehen, wenn sie sich bessern sollte.'[79]

Es würde uns zu weit führen, wollten wir den einflusz Lockes auf Rousseau im einzelnen nachweisen; zudem haben wir bei der besprechung der pädagogischen grundsätze Lockes häufig auf die entsprechenden Rousseaus hingedeutet. die ideen zu den erziehungstheorieen Rousseaus, welche er gelegentlich in der 'nouvelle Héloïse' und später im 'Emile' niedergelegt hat, rühren meist von Locke[80], und wenn sie sich häufig in maszloser übertreibung vorfinden, so liegt der grund dafür darin, dasz Rousseaus gemüt durch die verkommenen zustände seines verkünstelten und genuszsüchtigen zeitalters, welche er bekämpfen wollte, stets in die leidenschaftlichste erregtheit versetzt wurde.

Wenn Locke ruhig und bescheiden sich gegen die herschende pedantische schulweisheit ausspricht und eine für das leben brauchbare bildung verlangt, so verwirft Rousseau alle wissenschaft, 'da sie den körper ungebührlich abnutzt und die menschen für die natürlichen gefühle immer mehr abstumpft'. wenn Locke eine tüchtige charakterbildung seines zöglings hervorhebt und durch eine solche den zögling standhaft in den gefahren des lebens erhalten will, so eifert Rousseau leidenschaftlich und rücksichtslos gegen die

---

[78] Roussean studierte die philosophen Locke, Leibnitz, Descartes und Malebranche während seines aufenthaltes in Chambery bei der frau von Warens in den jahren 1732—41.

[79] G. Baur, grundzüge der erziehungslehre (Gieszen 1849) s. 63.

[80] in der vorrede zum 'Emile' heiszt es: mon sujet est tout neuf après le livre de Locke, et je crains fort qu'il ne le soit encore après le mien. I p. 6.

überfeinerung seiner zeit und verlangt gänzliche isolierung des individuums von der übercultivierten, verderbten gesellschaft; nur auf diese weise glaubt er den menschen zur naivetät, zur ursprünglich guten menschennatur zurückführen zu können. immerhin aber eifert er für eine solche erziehung, welche das lebensfrische gefühl anreizt zu freier thatenlust und welche dadurch die freiheit und unabhängigkeit, die geistige erlösung des menschengeschlechtes herbeiführt; er wollte die menschen edler, besser, menschlicher machen. Rousseau kann wegen seiner verabscheuenswürdigen sittlichen mängel weder als mensch noch als pädagoge unsere achtung verdienen; aber wir dürfen uns dadurch nicht verführen lassen, ihm die volle anerkennung seiner verdienste um die pädagogik zu schmälern, sondern wir müssen die worte Schlossers beherzigen, 'dasz keine radicale reform durch moralische werkzeuge ausgeführt werden kann.'[81]

Locke war nicht geeignet zu dem not thuenden 'umstürzen, stürmen und lärmen'; aber er gab dazu die kräftigste anregung, indem er darauf hinwies, 'dasz die schüler nicht blosz äuszerlich erlernen und zu bestimmten fertigkeiten abgerichtet werden müssen, sondern dasz sie erzogen werden müssen, dasz der nerv ihres wesens zu selbständigem leben erweckt, ihre natürliche anlage entwickelt und ihre individualität geachtet werden musz'; er forderte, dasz diese ergänzung nicht nach factisch geltenden traditionellen regeln, sondern nach den im wesen des menschen begründeten und stets vollständiger zu erforschenden gesetzen verfahre; er wollte an die stelle von nachahmern des alten schlendrians denkende pädagogen gesetzt wissen und gab somit zu einem steten, lebendigen fortschritt die kräftigste anregung. darin liegt sein hauptverdienst, dasz er den impuls gab zu der heilsamen revolution des erziehungs- und unterrichtswesens, welche durch Rousseau angebahnt und später in Deutschland durch Basedow und Pestalozzi und die philanthropinisten zum ausbruch gebracht wurde. — 'Es sind mancherlei gaben, sagt von Raumer[82]; dem einen sind grosze ahnungen und gedanken gegeben, aber kein geschick, sie zu verwirklichen; der andere hat ausgezeichnete praktische tüchtigkeit, er handelt aber, ohne irgend das bedürfnis zu fühlen, eine theorie seines thuns aufzustellen; nur wenigen ists verliehen, mit voller einsicht, festem blicke auf ein bestimmtes ziel und groszem geschick die erziehungskunst zu üben. wie verschiedenartig aber auch die pädagogen unter sich sein mögen, so verdient doch jeder einen platz in der geschichte, welcher ausgezeichnet in seiner art ist.'

---

[81] F. C. Schlosser, geschichte des 18n jahrhunderts bd. 4 s. 101.
[82] von Raumer bd. 2 vorrede zur 2n auflage s. IX.